Fa

Lisa Ray Turner und Blaine Ray
Deutsche Fassung von Andrea Kistler

Redaction von
Frieda Halder und Friederike Welsch

Erste Stufe - Buch C
die dritte von vier
Novellen für Anfänger

Blaine Ray Workshops
P.O. Box 119
Pismo Beach, CA 93448
(As of March, 2009:
8411 Nairn Drive
Eagle Mountain, UT 84005)
Phone: (888) 373-1920
Fax: (888) RAY-TPRS
E-mail: BlaineRay@aol.com
www.BlaineRayTPRS.com

und

Command Performance Language Institute
*1755 Hopkins Street
Berkeley, CA 94707-2714
U.S.A.
Tel/Fax: 510-524-1191
E-mail: consee@aol.com
www.cpli.net*

Fast stirbt er
is published by:

Blaine Ray Workshops, & *Command Performance Language Institute,*
which features TPR Storytelling products and related materials.
which features Total Physical Response products and other fine products related to language acquisition and teaching.

To obtain copies of *Fast stirbt er*, contact one of the distributors listed on the final page or Blaine Ray Workshops, whose contact information is on the title page.

Cover art by Pol (www.polanimation.com)
Vocabulary by Andrea Kistler and Contee Seely

First edition published September, 2003
Second printing August, 2004
Third printing October, 2005
Fourth printing May, 2008

Copyright © 2003, 2008 by Blaine Ray. All rights reserved. No part of this book may be reproduced or transmitted in any form or by any means, electronic or mechanical, including photocopying, recording or by any information storage or retrieval system, without permission in writing from Blaine Ray.

Printed in the U.S.A. on acid-free paper with soy-based ink.

ISBN 10: 0-929724-75-5
ISBN 13: 978-0-929724-75-1

Kapitel eins

Rachel Klein ist ein normales Mädchen. Sie ist jung. Sie ist siebzehn Jahre alt. Rachel wohnt in Gladwin im Bundesstaat Michigan. Sie ist in der elften Klasse und geht auf eine normale Schule. Die Schule heißt Gladwin High School. Es ist eine Schule wie alle anderen Schulen in den Vereinigten Staaten.

Rachel hat eine normale Familie. Ihr Vater heißt Mark und er arbeitet bei einem Krankenhaus. Er arbeitet im Laboratorium des Krankenhauses. Ihre Mutter heißt Connie und sie arbeitet beim selben Krankenhaus als Sekretärin. Das Krankenhaus heißt MidMichigan Regional Medical Center. Rachel hat einen Bruder und eine Schwester. Ihr Bruder heißt Andy und ihre Schwester heißt Sarah. Andy ist vierzehn Jahre alt und geht auch zur Gladwin High School. Sarah ist zwölf Jahre alt. Sarah geht in eine andere Schule. Ihre Schule heißt Gladwin Junior High School. Die

2

Familie Klein ist eine nette, vereinigte Familie.

Rachel hat langes, glattes Haar. Ihr Haar ist braun und die Augen sind auch braun. Sie ist weder groß noch klein. Sie hat ein schönes Gesicht, aber nicht so schön wie das Gesicht von Claudia Schiffer. Sie ist auch intelligent, aber nicht so intelligent wie Albert Einstein.

Rachel wohnt in einem normalen Haus. Das Haus hat zwei Stockwerke. Es ist nicht so groß aber auch nicht so klein. Es ist ein typisches Haus, ähnlich wie die anderen Häuser in Michigan. Es hat drei Schlafzimmer, eine Küche, ein Wohnzimmer und ein Badezimmer.

Rachels Familie ist weder arm noch reich. Die Familie hat nicht viel Geld, aber genug Geld. Sie haben nur ein Auto. Das Auto ist ein altes Auto. Es ist ein hellblauer Honda Accord Baujahr 1992 mit vier Türen. Rachel kann nicht selbst mit dem Auto zur Schule fahren. Die Eltern müssen mit dem Wagen zum Krankenhaus fahren. Rachel muss oft mit dem Schulbus zur Schule fahren. Sie kann nicht zu Fuß zur Schule gehen, weil sie weit weg von der Schule wohnt. Die Familie Klein wohnt auf dem Land. Viele Leute in Gladwin wohnen auf dem Land. Man sieht oft Bauernhöfe, Felder, Traktoren und Hoftiere, sowie Kühe und Pferde auf dem Land. Rachel fährt nicht gerne mit dem Bus zur Schule. Manchmal bringen die Eltern Rachel mit dem Auto zur Schule.

Kapitel zwei

Rachel hat zwei gute Freundinnen, die in derselben Straße wie Rachel wohnen. Die Freundinnen heißen Danielle und Brittany. Die zwei Mädchen gehen auch zur Gladwin High School. Danielle lernt Spanisch in der High School. Sie spricht sehr gut Spanisch. Der Spanischlehrer heißt Herr Skinner. Er ist ein guter Lehrer. Aber Brittany lernt Deutsch. Brittany mag den Deutschunterricht. Sie hat eine gute Lehrerin, die Frau Lauer heißt. Danielle und Brittany sind beide gute Schülerinnen. Sie machen jeden Tag die Hausaufgaben und bekommen gute Noten. Die Mädchen arbeiten nach der Schule. Danielle arbeitet bei Ace Hardware und Brittany arbeitet bei Vasher's Market. Man kann Gemüse, Obst, Blumen und viele andere Sachen bei diesem Markt kaufen.

Rachel ist auch eine gute Schülerin. Sie

geht jeden Tag in die Schule, macht immer die Hausaufgaben und bekommt gute Noten. Nach der Schule arbeitet Rachel, genau wie ihre Freundinnen Danielle und Brittany. Rachel arbeitet bei einem Blumenladen. Der Laden heißt Village Flowers.

Am Wochenende gehen Rachel, Danielle, und Brittany manchmal aus. Danielle hat ein Auto und Brittany und Rachel fahren mit ihr, wenn sie ausgehen. Sie essen oft in einem Restaurant und sie gehen viel ins Kino. Es gibt kein Kino in Gladwin, deshalb müssen sie in eine andere Stadt fahren, um ins Kino zu gehen.

Rachel hat viele interessante Fächer in der Schule. Dieses Jahr hat sie Englisch, Deutsch, Chemie, Algebra, Geschichte, und Wirtschaft. Aber ihr Lieblingsfach ist Deutsch. Ihre Lehrerin ist Frau Lauer, dieselbe Lehrerin, die ihre Freundin Brittany hat. Frau Lauer ist seit zehn Jahren Deutschlehrerin. Rachel findet den Deutschunterricht sehr interessant. Viele Leute in Gladwin haben Interesse an der deutschen Kultur und an der deutschen Sprache. Ungefähr dreißig Prozent der Leute in Gladwin stammen aus Deutschland. Das heißt, dass die Leute oder ihre Verwandten aus Deutschland kommen. So ist es bei Rachel. Ihre Großeltern, Opa und Oma Klein, kommen aus Deutschland. Sie kamen in die Vereinigten Staaten, als sie Kinder waren. Opa und Oma Klein sind die Eltern von Rachels Vater, Mark Klein. Aber die Großeltern sprechen jetzt nicht mehr viel Deutsch. Jetzt sprechen Opa und Oma Klein nur noch ein bisschen Deutsch miteinander und auch nur ein bisschen Deutsch mit Rachel. Aber sie erzählen noch viele Geschichten von Deutschland und von den Verwandten aus Deutschland. Rachel möchte gerne mal nach Deutschland fahren. Eines Tages möchte Rachel Deutschland sehen und ihre Verwandten besuchen. Deshalb interessiert sie sich sehr für den Deutschunterricht.

Kapitel drei

Am sechsten Oktober ist in den Vereinigten Staaten der „Deutsch-Amerikanische Tag." Im Deutschunterricht spricht Frau Lauer darüber. Rachel, Brittany und die anderen Schüler lernen viel von der Geschichte der Vereinigten Staaten. Sie lernen viel über die ersten Deutschen, die in die Vereinigten Staaten kamen. Sie lernen auch, dass viele andere Leute aus vielen verschiedenen Ländern ebenfalls in die Vereinigten Staaten kamen.

Frau Lauer gibt den Schülern ein Projekt. Das Projekt heißt das „Heritage Project." Die Schüler müssen etwas über ihre eigene Familie und Verwandten schreiben. Sie müssen herausfinden, woher ihre Verwandten kommen und wann sie in die Vereinigten Staaten gekommen sind. Frau Lauer sagt den Deutschschülern: „Es ist sehr wichtig, dass ihr etwas über eure Vorfahren und Verwandten wisst. Eure Vorfahren sind sehr wichtig. Es ist sehr wichtig für euch, ein bisschen über die Kultur, Traditionen, Sprache und das Leben eurer Vorfahren zu wissen. Alle Kulturen sind etwas Besonderes und wichtig. Eure eigene Kultur ist etwas Besonderes und wichtig. Wenn eure Familie aus Deutschland kommt, ist das interessant und toll. Wenn eure Familie aus Mexiko, Frankreich, England, Afrika, dem Libanon, Polen, Indien, Russland, Belgien, den Niederlanden, Afghanistan, dem Irak, Japan, Laos, Schweden, Spanien, der Türkei, oder sonst irgendwo herkommt, ist das auch sehr wichtig, interessant und toll. Ihr sollt darauf stolz sein. Ihr müsst einen Bericht über eure Familie und Verwandten schreiben. Ihr sollt mit euren Verwandten sprechen, wenn es möglich ist. Ihr sollt auch ein bisschen über das Land und die Kultur berichten, wo eure Familie und Verwandten herkommen."

Rachel ist sehr froh. Sie will mehr über Deutschland, ihre Verwandten und ihre Familie lernen. Nach der Schule geht Rachel in die Bibliothek. Sie findet ein paar Bücher über Deutschland. Heute Abend ruft Rachel Oma und Opa Klein an. Sie hat viele Fragen an die Großeltern.

Kapitel vier

Rachel liest viel über Deutschland. Deutschland liegt in Europa. Es ist ein kleines Land im Vergleich zu den Vereinigten Staaten. Deutschland ist ungefähr so groß wie das Bundesland Minnesota. Es gibt ungefähr 81 Millionen Einwohner in Deutschland. Das sind bestimmt mehr Leute, als es in Minnesota gibt!

Im Norden Deutschlands ist das Terrain ziemlich flach. Viele Berge gibt es nicht in Norddeutschland. In Süddeutschland gibt es Berge. Im Süden gibt es die Bayrischen Alpen.

Deutschland hat viele Nachbarländer. Ganz im Norden liegt Dänemark. Im Westen liegen die Niederlande, Belgien, Luxemburg und Frankreich. Die östlichen Nachbarländer sind Polen und die Tschechische Republik. Südlich von Deutschland liegen die Schweiz, Liechtenstein, und Österreich. Man spricht

Fast stirbt er 11

auch Deutsch in diesen drei Ländern, aber das Deutsch in der Schweiz, Liechtenstein, und Österreich klingt ein bisschen anders als das gesprochene Deutsch in Deutschland.

Es gibt sechzehn Bundesländer in Deutschland. Ein Bundesland ist wie ein Bundesstaat in den USA, zum Beispiel, wie Michigan oder Kalifornien. Die Hauptstadt Deutschlands ist Berlin. Berlin ist eine sehr große Stadt. Deutschland ist ein sehr schönes Land mit vielen Flüssen und Bergen und mit zahlreichen Burgen und Schlössern.

Rachel gefällt was sie erfahren hat. Sie will noch mehr über Deutschland lernen. Sie will auch alles in Deutschland sehen. Am Abend ruft sie Oma und Opa Klein an. Die Großeltern reden mit Rachel über Deutschland. Oma und Opa sagen Rachel, dass sie aus Bamberg kommen. Bamberg ist eine Stadt in Süddeutschland, im Bundesland Bayern. Bayern ist das größte Bundesland in Deutschland.

Rachel erfährt, dass sie noch viele Verwandte in Bamberg hat. Oma und Opa Klein geben Rachel die Adresse und Telefonnummer von Otto Klein. Otto Klein ist der Neffe von Opa Klein. Er ist auch der Vetter von ihrem Vater, Mark Klein. Otto ist nur ein bisschen älter als Rachels Vater. Otto ist mit Andrea Klein verheiratet. Sie haben eine Tochter, die Alexandria heißt. Alexandria ist ein Einzelkind. Sie hat keine Geschwister. Alexandria ist sechzehn Jahre alt. Sie ist fast siebzehn, wie Rachel.

Rachel ruft die Familie Klein in Bamberg an. Sie unterhalten sich, obwohl es schwer für Rachel ist, alles zu verstehen. Jetzt interessiert sie sich sehr für Deutschland und für diese neue Familie in Bamberg.

Einige Tage später, schreibt Rachel einen Brief an die Familie Klein. Frau Lauer, die Deutschlehrerin, hilft ihr, den Brief zu schreiben. Rachel erklärt, dass sie Bamberg gerne mal besuchen möchte.

Kapitel fünf

Fast drei Monate vergehen. Rachel gibt den Bericht über ihre Familie und über Deutschland an Frau Lauer und die Deutschklasse.

Rachel e-mailt der Familie Klein in Bamberg oft. Es ist jetzt Januar. Rachel wird nach Bamberg fliegen und bei der Familie Klein wohnen. Rachel wird mit Alexandria in die Schule gehen und dort sechs Monate bleiben. Sie wird im Januar in Bamberg ankommen und im Juni nach Hause fliegen.

Heute ist es soweit, Rachel fliegt nach Deutschland. Sie schreibt eine E-Mail an ihre Freundin Brittany. Rachel, Brittany, Danielle und ihre anderen Freunde telefonieren manchmal, aber öfters schreiben sie einander per E-Mail oder „sprechen" miteinander im Internet in einem Chatroom. Rachel schreibt:

3. Januar

Liebe Brittany,

Ich freue mich. Heute fliege ich nach Deutschland. Meine Eltern fahren mich nach Detroit. Ich fliege von Detroit nach Frankfurt. Frankfurt ist eine große Stadt im Bundesland Hessen in Deutschland. Es hat einen großen Flughafen. Ich fliege von Detroit nach Frankfurt mit der Fluggesellschaft Lufthansa. Die Lufthansa ist eine berühmte Fluggesellschaft in Deutschland.

Meine Familie in Deutschland, die Familie Klein, holt mich am Flughafen ab, dann fahren wir nach Bamberg. Bis später!

Deine Rachel

Rachel fühlt sich bei der Familie Klein wohl. Am Anfang, fällt es Rachel ein bisschen schwer, Deutsch zu verstehen. Aber nach einer Weile wird alles besser. Otto und Andrea sind sehr freundlich. Rachel muss in Alexandrias Zimmer schlafen. Das ist kein Problem für Rachel. Rachel und Alexandria reden und reden. Alexandria spricht jetzt sehr langsam, damit Rachel sie leicht verstehen kann. Es macht Rachel viel Spaß bei der Familie Klein.

Kapitel sechs

Es passiert am ersten Schultag nach den Weihnachtsferien. Rachel ist keine Ärztin. Aber heute rettet sie ein Leben. Sie rettet das Leben von Robert Öhlmann.

Und so passiert es: Es ist Viertel nach elf und die Schüler haben jetzt die zweite große Pause des Tages. Der Schultag beginnt um acht Uhr. Die Schüler haben zwei Fächer vor der ersten großen Pause. Die erste große Pause dauert von halb zehn bis um Viertel vor zehn. Danach finden noch zwei Fächer statt, und dann haben die Schüler die zweite große Pause.

Normalerweise isst man kein Mittagessen in der Schule, weil die Schule um ein Uhr aus ist. Die meisten Schüler gehen nach Hause, um zu Mittag zu essen. Das Mittagessen ist normalerweise die größte Mahlzeit des Tages. Wenn es möglich ist, kommt die ganze Familie nach Hause und isst. Es gibt also die große

Fast stirbt er

Pause in der Schule und die meisten Schüler essen eine Kleinigkeit während dieser Pause vor dem Mittagessen.

Während der zweiten großen Pause, reden die Schüler und lachen, während sie etwas trinken und ein bisschen essen. Manche Schüler essen ein Pausenbrot. Ein Pausenbrot ist ein oder zwei Stücke Brot mit Wurst oder Käse oder vielleicht nur mit Butter darauf.

Robert Öhlmann bekommt ein Problem während er isst. Robert isst ein Pausenbrot mit Wurst. Ihm bleibt die Wurst in der Kehle stecken. Er versucht, um Hilfe zu rufen. Er kann aber nicht schreien, weil die Wurst in seiner Kehle stecken bleibt. Er kann nichts sagen.

Niemand sieht Robert jetzt gerade. Überhaupt hat niemand Robert je wahrgenommen. Robert hat keine Freunde in der Schule. Er ist neu am Kaiser-Heinrich Gymnasium in Bamberg. Er ist ein neuer Schüler aus Fürth. Fürth ist eine Stadt, ein bisschen südlich von Bamberg und ein bisschen nördlich von der Großstadt Nürnberg. Robert hat keine Freunde am Kaiser-Heinrich Gymnasium in Bamberg. Er geht immer allein zur Schule und geht auch immer in die Unterrichtsstunden allein. Heute sitzt Robert allein während der großen Pause. Er isst sein Pausenbrot. Er isst Wurst auf dem Pausenbrot. Die Wurst bleibt in der Kehle stecken und sein Gesicht wird blau. Niemand bemerkt ihn. Niemand sieht ihn. Niemand außer Rachel Klein. Rachel sitzt in der Nähe von Robert. Rachel sieht, dass Robert seinen Hals anfasst. Sie weiß, dass etwas mit Robert nicht stimmt. „Robert hat ein Problem!", sagt Rachel zu Alexandria.

„Ja", sagt Alexandria. „Er hat keine Freunde."

„Nein, er ist in Schwierigkeiten!", sagt Rachel. „Sein Gesicht ist blau."

„Oh", sagt Alexandria. Sie isst ihr Pausenbrot weiter und schaut Robert gar nicht an.

Ist Rachel die einzige Person, die Robert sieht? Ist sie die einzige Person, die weiß, dass Robert fast stirbt? Ja! Sie läuft zu Robert. „Kannst du atmen?", fragt sie Robert.

Robert schüttelt den Kopf. Er spricht

nicht, weil er nicht atmen kann. Robert hat große Angst.

Rachel weiß, wie sie Robert helfen kann. Sie legt ihre Arme um Robert herum. Dann drückt sie auf Roberts Bauch. Rachel drückt stark. „Hilfe!", ruft Rachel. Alle schauen Rachel an.

Dann fliegt das Stück Wurst aus Roberts Kehle und dann aus seinem Mund. Es fliegt aus seinem Mund und trifft Fritz Krause im Gesicht. Oh nein! Fritz Krause ist der gemeinste und schlimmste Kerl des Gymnasiums. Er ist riesengroß und gemein und alle Schüler haben Angst vor ihm.

Das macht Robert aber nichts. Er ist nur froh, dass er lebt. „Vielen, vielen Dank", sagt er zu Rachel. „Du hast mir das Leben gerettet."

Plötzlich sind viele Leute da. Schüler. Lehrer. Die Sekretärin. „Rachel, du hast Robert das Leben gerettet", sagen die Lehrer. „Gut gemacht, Rachel!", sagen die anderen Schüler. Rachel ist eine Heldin aber sie ist auch ein bisschen verlegen.

Viele Leute gehen jetzt weg. Robert sagt zu Rachel: „Ich bin sehr froh. Du hast mir das Leben gerettet. Vielen Dank." Roberts Gesicht ist wieder weiß und nicht blau. Weiß ist viel besser als blau. „Bitte schön", sagt Rachel. „Es freut mich, dass ich dir helfen konnte." Robert nimmt Rachels Hände und schaut in ihre Augen. „Ich weiß nicht, wie ich dir danken kann." „Nichts zu danken, Robert, nichts zu danken", sagt Rachel. Rachel will jetzt weg. Sie will zu ihren Freunden gehen und mit den Freunden reden.

Bevor Rachel weg geht, kommt Fritz Krause zu Rachel und Robert. Fritz ist sehr groß, fast zwei Meter groß, mit breiten Schultern und starken Armen. Fritz ist viel größer als Robert. Fritz hat das Stück Wurst in seiner Hand. Es ist dieselbe Wurst, die aus Roberts Mund kam und Fritz im Gesicht traf. Fritz zeigt Robert die Wurst und fragt ihn, „Gehört das dir, du Trottel?" „Tut mir Leid", sagt Robert. Robert nimmt die Wurst von Fritz. Robert will die Wurst nicht nehmen. Sie sieht jetzt ekelhaft aus. Aber Robert hat Angst vor

Fritz und nimmt die Wurst trotzdem. Fritz trocknet seine Hand an Roberts Hemd. „Hau ab, du Idiot!", sagt Fritz. Fritz dreht sich um und geht endlich weg. Alle sind froh, dass Fritz weg geht.

Rachel geht auch weg. Sie will mit Alexandria reden. Aber Robert kommt ihr nach. „Danke schön noch mal", sagt Robert zu Rachel. „Ich bin so froh, dass du mir das Leben gerettet hast." Rachel lacht ein bisschen. Wann wird Robert weg gehen? Das reicht jetzt!

„Danke", sagt Robert. „Schon gut", sagt Rachel. „Schon gut."

Rachel dreht sich um und versucht, wieder weg zu gehen. Dann klingelt es. Die Pause ist zu Ende. Rachel kann nicht mit ihren Freundinnen sprechen. Sie muss in die Biologiestunde gehen.

Als Rachel nach Hause kommt und nachdem sie zu Mittag gegessen hat, schreibt sie nochmal eine E-Mail an ihre Freundin Brittany.

7. Januar

Liebe Brittany,

Vielleicht glaubst du mir nicht, aber heute war ich eine Heldin. In der zweiten großen Pause sah ich einen Jungen, der nicht atmen konnte. Sein Gesicht war blau. Ich lief zu ihm und half ihm. Ein Stück Fleisch war in seiner Kehle steckengeblieben. Ich drückte auf seinen Bauch. Dadurch flog das Fleisch aus seinem Mund. Der Junge heißt Robert Öhlmann.

Aber das hatte Folgen. Das Stück Fleisch traf einen anderen Jungen im Gesicht. Dieser Junge ist der größte und gemeinste Kerl der Schule. Er heißt Fritz Krause. Fritz ist jetzt sehr böse auf Robert.

Ich denke viel an Robert. Ich weiß nicht warum. Ich schreibe dir bald wieder.

Deine Rachel

Kapitel sieben

Rachel und Alexandria reden und essen während der großen Pause. Dann kommt Robert vorbei. Alexandria sagt: „Hallo, Robert. Setz dich." Rachel freut sich, dass Robert sich hinsetzt. Es freut sie, dass Robert lebt. Es freut sie auch, dass sie mit ihm reden kann. Robert setzt sich neben Rachel. Robert sieht Rachel an und sagt: „Grüß Gott, Rachel. Wie geht's? Heute ist mein Gesicht nicht blau und ich kann richtig atmen. Es geht mir heute viel besser."

Robert isst eine frische Brezel mit Senf. Alexandria steht auf und sagt: „Ich muss gehen. Ich habe viele Hausaufgaben zu erledigen. Bis später!" Alexandria geht weg.

Rachel sagt zu Robert: „Ich sehe dich am liebsten wenn du nicht blau bist und wenn du gut atmen kannst." Robert lächelt. Die zwei reden. Sie reden über die Schule. Die beiden hassen Mathe, aber mögen Geschichte gern.

Sie reden über Musik und ihre Lieblingsgruppen. Sie reden über Deutschland. Rachel fragt: „Warum isst du die Brezel mit Senf?" „Weil es schmeckt!", sagt Robert. „Ich mag Senf gern. Ich esse Senf auch auf der Bratwurst." „Ach so", sagt Rachel. Sie reden über die deutsche Sprache. Rachel fragt: „Warum sagt man hier ‚Grüß Gott' statt ‚Guten Tag'?" Robert erklärt: „Ich weiß nicht ganz genau, warum wir ‚Grüß Gott' sagen. Das ist nur unser Brauch. Ich glaube, dass ganz Bayern und vielleicht Österreich diese Begrüßung ‚Grüß Gott' benutzt." „Ach so", antwortet Rachel. „Ich habe noch eine Frage", beginnt Rachel. „Warum sagt man ‚Auf Wiedersehen', wenn man weg geht? Es scheint mir, das dieses Wort so lang ist. Was ist damit?" „Stimmt schon, dass das Wort lang ist aber es ist sehr wichtig." Robert spricht weiter. „Wenn man ‚Auf Wiedersehen' sagt, sagt man ‚Tschüss für jetzt aber bis zum nächsten Mal.' Dass wir uns wieder sehen, ist an diesem Wort wichtig. Wenn ich dir ‚Auf Wiedersehen' sage, hoffe ich, dass ich dich bald noch mal sehe. Alles klar, was ich dir sage?" „Ja, schon. Das ist sehr interessant, Robert", sagt sie. „Vielleicht sollten wir uns am besten immer ‚Auf Wiedersehen' sagen, nicht wahr?" Die beiden lächeln.

„Rachel", sagt Robert. „Ich rede gern mit dir. Du kannst gut Deutsch, für eine Amerikanerin." „Danke sehr", sagt Rachel. „Ich mag Deutsch sehr gern. Meine Großeltern kommen aus Deutschland. Ich lerne viel von ihnen und ich lerne viel in der Schule." Robert macht weiter: „Es freut mich, während der Pause mit jemandem zu reden. Ich habe keine Freunde hier in Bamberg, weil ich aus Fürth komme." Rachel ist neugierig. Sie fragt: „Warum bist du jetzt in Bamberg?" Robert erklärt: „Meine Eltern sind geschieden. Meine Mutter, meine jüngere Schwester und ich sind nach Bamberg gekommen. Meine Tante wohnt hier in Bamberg." Während sie sprechen, kommt Fritz Krause. Er ist so groß, größer als ein Gorilla. Fritz ruft: „Atmest du heute, Trottel?" Robert trinkt einen Apfelsaft. Fritz nimmt den Saft und gießt ihn auf Roberts Hemd. Rachel schreit: „Du bist aber gemein!" Robert ruft: „Du, Idiot!" Robert ist jetzt sauer. Er mag diesen Kerl nicht. Er mag solche Typen wie Fritz nicht. Robert macht sein Hemd mit einer Serviette sauber. Fritz lacht und geht weg.

Rachel hilft Robert, das Hemd zu putzen. Sie merkt, wie süß Robert ist. Er hat schöne blaue Augen. Sie sagt ihm: „Mach dir nichts draus, Robert. Fritz ist einfach böse." „Ja, das ist er", sagt Robert. Es klingelt. Die zwei stehen auf. Rachel geht in der Mathestunde. Robert geht zum Französischunterricht. Rachel versucht, sich auf die Mathe zu konzentrieren aber sie kann nicht. Sie denkt an Robert. Sie denkt an seine Augen, seine Haare und an seine Persönlichkeit.

18. Januar

Hallo, Brittany!

Kannst du das glauben? Heute habe ich wieder während der großen Pause mit Robert geredet. Wir haben über Musik, die Schule und Deutschland geredet. Während wir geredet haben, kam dieser Fritz Krause noch mal. Er nahm Roberts Apfelsaft und goss ihn auf sein Hemd. Wir beide sind sehr sauer auf Fritz. Wir haben dann Roberts Hemd sauber gemacht. Wir mögen diesen Fritz Krause nicht gern. Er ist ein Dummkopf!

Deine Rachel

Kapitel acht

Zwei Wochen lang spricht Rachel nicht mit Robert Öhlmann. Sie sieht ihn ab und zu mal in der Schule, aber sie spricht nicht mit ihm. Rachel spricht nicht mit Robert, aber sie denkt an ihn. Aber warum denkt sie an Robert? Er ist nicht ihr Freund. Warum denkt sie an ihn? Sie fragt sich, ob Robert auch an sie denkt. Sicher, denkt sie, weil sie Robert gerettet hat!

Eines Tages sieht Rachel Robert noch mal. Es ist die große Pause und Rachel und Alexandria essen Joghurt. Alexandria fragt Rachel: „Weißt du, dass einige Freunde von mir, Ingo, und seine Schwester Carmen, in drei Wochen eine Faschingsparty geben?" „Ja, ich habe davon gehört aber leider kenne ich niemand, mit dem ich gehen kann", sagt Rachel. Alexandria erklärt: „Oh, Rachel, bei uns ist es nicht so, dass du unbedingt mit einem Jungen gehen musst. Wir gehen alle zusammen. Aber wenn du willst, kannst du speziell mit jemandem gehen. Willst du das?" Rachel denkt nach und sagt: „Ich sage es dir, aber du darfst nicht lachen. Ich glaube, es wäre schön, mit Robert Öhlmann zu gehen. Ich finde ihm hübsch und süß." „Robert Öhlmann?", fragt Alexandria. „Du meinst der neue Schüler, der fast in der Schule gestorben wäre?" „Ja", sagt Rachel. Alexandria erklärt: „Rachel, das Problem ist, er ist noch neu hier und er kennt Ingo und Carmen nicht. Vielleicht möchte er nicht mit uns gehen, weil er neu ist." Da sieht Robert Rachel und Alexandria. „Hallo", sagt er. „Wie geht's euch?" „Gut, danke", sagen die Mädchen. Sie reden weiter über die Faschingsparty. Rachel schaut Robert an und fragt: „Robert, in drei Wochen gibt es eine Faschingsparty bei Ingo und Carmen Müller. Ingo und Carmen sind sehr gute Freunde von Alexandria. Alexandria, ich und einige andere Freunde von uns gehen hin. Möchtest du auch mitkommen?" „Eine Party? Eine Faschingsparty? Ja, in Fürth haben meine Freunde und ich immer viele Partys gegeben. Ich habe Faschingspartys sehr gern. Aber hier kenne ich nicht viele Leute. Ich kenne Ingo und Carmen nicht. Ich weiß nicht, ob ich mitkommen soll." Rachel sagt weiter: „Robert, Ingo und Carmen sind gute Freunde von Alexandria und wir können alle zusammen gehen. Wir können uns alle hier bei der Schule treffen, dann laufen wir zu der Party." „Also gut", sagt Robert. „Ich komme gern. Danke für die Einladung."

Die drei stehen auf. Robert sagt: „Tschüss!" Alexandria sagt: „Wir sehen uns."

1. Februar

Liebe Brittany,

Heute habe ich wieder mit Robert gesprochen. Er ist so süß! In drei Wochen findet eine Faschingsparty statt und Robert kommt auch mit. Kannst du das glauben? Das ist so toll! Ich freue mich sehr darauf.

Deine Rachel

Kapitel neun

Drei Wochen gehen schnell vorbei. Es ist Freitag und heute Abend ist die Faschingsparty. Die Faschingszeit ist eine wilde Zeit in Deutschland. Fasching ist wie „Mardi Gras" in den USA. Aber nicht alle Deutschen feiern Fasching und nicht alle Deutschen nennen die Festtage „Fasching". Der Fasching wird auch in der Schweiz und in Österreich gefeiert. Normalerweise gibt es nur in Süddeutschland Faschingsfeiern. Einige Leute feiern in Norddeutschland Karneval, aber nicht viele Leute. Es gibt andere Wörter für „Fasching". Im Rheinland nennt man ihn „Karneval". In Österreich und Bayern sagt man „Fasching", aber in Franken (Nordbayern) sagt man auch „Fosnet". In Schwaben ist es „Fasnet", und in der Schweiz sagt man „Fastnacht". In Mainz sagt man auch „Fastnacht" und manchmal „Fassenacht".

Man nennt Fasching „die fünfte Jahreszeit." Der Fasching ist ein beweglicher Festtag. Das heißt, dass die Faschingsfesttage nicht jedes Jahr an den selben Tagen stattfinden. Das Datum des Faschingsfesttages hängt jedes Jahr von dem Datum des Ostersonntages an. Normalerweise findet der Fasching im Februar oder auch März statt. Manche Leute sagen, dass die Faschingsjahreszeit jedes Jahr offiziell am elften November beginnt. Andere Leute sagen, die Faschingsjahreszeit beginnt am siebten Januar.

Der Fasching beginnt am „Faschingsdonnerstag" und endet am Aschermittwoch. In der Woche vor Aschermittwoch wird überall viel gefeiert. Es gibt viele Partys und tolle Umzüge in der Stadt. Viele Leute verkleiden sich mit allerlei Kostümen und einige Leute tragen Masken. In der Faschingszeit gibt es tolle Kostüme! Man sieht oft Hexen, Piraten, Cowboys, Vampire, Ritter, Prinzen, Prinzessinnen, Hippies, politische Figuren, Clowns oder einfach verrückte Kostüme, wilde Masken, oder wilde, bunte Haare. Manchmal tragen die Leute sogenannte „Narrenkappen".

Fast stirbt er

Es ist Viertel vor acht und Rachel, Alexandria, Robert, Anna, Kirsten, Natalie und Konrad treffen sich beim Kaiser-Heinrich-Gymnasium. Alle sind mit tollen Kostümen verkleidet. Robert und Konrad haben sich als Hippies verkleidet. Rachel und Alexandria tragen Prinzessinnenkostüme. Anna hat sich als eine Hexe verkleidet. Kirsten ist eine Vampirin und Natalie ist ein Clown. Alle sehen super aus!

Sie gehen zu Ingo und Carmen nach Hause. Das Kaiser-Heinrich-Gymnasium ist in der Altenburgstraße und Ingo und Carmen wohnen in der Nähe vom Gymnasium in der Gartenstraße. Das ist nicht sehr weit von dem Kaiser-Heinrich Gymnasium. Die Faschingsparty fängt um acht Uhr an. Ingo, Carmen und ihre Familie haben ein großes Haus. Sie haben ein Eigenheim. Sie mieten keine Wohnung und sie mieten kein Haus, aber sie besitzen ihr eigenes Heim. In Deutschland haben nicht so viele Leute ein Eigenheim. Es passiert oft, dass man eine Wohnung oder vielleicht ein Haus mietet. Das Haus von Ingo und Carmen ist groß und hat einen großen Keller. Die Faschingsparty findet heute Abend im Keller statt.

Rachel ist ein bisschen nervös, weil sie zu einer Faschingsparty geht. Es ist ein neues Erlebnis für sie. Sie ist nie vorher zu einer Faschingsparty gegangen. Sie ist auch nervös, weil Robert mitkommt. Wie sehen ihre Haare aus? Ist ihre Kleidung schön? Ist alles in Ordnung mit ihrer Schminke? Worüber sollen Rachel und Robert bei der Party sprechen? Kommt Fritz Krause zur Party? Sie hofft, dass er nicht kommt. Rachel mag Fritz Krause nicht. Er ist gemein. Er macht sich über andere Schüler lustig. Er macht sich fast jeden Tag über Robert lustig aber Robert sagt nicht viel zu ihm. Er will keine Probleme in der Schule haben und er will sich keine Probleme mit Fritz machen. Rachel versucht, nicht an Fritz Krause zu denken. Sie will an die Party und an ihre Freunde denken.

Sie müssen nur zehn Minuten laufen, dann sind sie bei Ingo und Carmen zu Hause. Es ist fünf vor acht und einige Leute sind schon bei der Party. Mehr Leute kommen bald danach. Rachel, Alexandria, Robert und die anderen gehen hinein. Sie sehen die anderen Leute, die fabelhafte Kostüme tragen. Die anderen Schüler sehen auch toll aus! Bei der Party hören sie Musik, und riechen köstliches Essen. Ingo und Carmens Mutter kocht und backt sehr gut. Der Keller wird mit einigen sehr bunten Sachen geschmückt. Rachel findet alles sehr toll. Alexandria sagt zu Rachel und Robert: „Schaut mal! Dort drüben sind Ingo und Carmen. Ich stelle euch vor." Die drei gehen zu Ingo und Carmen. Ingo hat sich als Pirat verkleidet und Carmen ist eine Hexe. Alexandria sagt: „Ingo und Carmen, ich möchte euch Freunde von mir vorstellen. Das sind Rachel und Robert." Ingo schaut Rachel an und gibt ihr die Hand. „Freut mich sehr Rachel", sagt Ingo, „Schön, dass du dabei bist." „Danke, Ingo. Es freut mich auch", sagt Rachel. Ingo gibt Robert die Hand und sagt: „Es freut mich, Robert." Robert sagt: „Danke, ebenfalls." „Ich habe euch in der Schule gesehen und ich bin froh, dass ihr mit Alexandria zur Party gekommen seid", sagt Ingo. „Viel Spaß heute Abend." Carmen gibt Robert auch die Hand.

Rachel und Robert fühlen sich jetzt bei der Party wohl. Viele Leute tanzen. Robert fragt Rachel: „Möchtest du tanzen?" „Na gut", sagt Rachel, „Aber ich warne dich, ich tanze nicht so gut." „Kein Problem", sagt Robert. „Ich helfe dir."

Die zwei tanzen. Rachel merkt, dass die Musik ein bisschen anders ist, als das was sie in den USA hört, aber sie mag sie gern. Sie hört auch ab und zu mal bei der Party amerikanische Lieder. Es freut sie, ein paar amerikanische Lieder zu hören. Dann kennt sie die Texte und kann mitsingen. Die meisten Lieder sind schnell. Robert und Rachel tanzen. Rachel denkt, dass Robert sehr gut tanzt. Robert lächelt und sagt: „Ich wollte schon immer mal mit einer Prinzessin tanzen!" Rachel lächelt auch.

Nachdem die zwei eine Weile getanzt haben, gehen sie zum Esstisch. Alles sieht lecker aus! Die andere haben recht. Ingos Mutti kocht und backt sehr gut. Während sie gehen, legt Robert seinen Arm um Rachels Schultern und sagt: „Es macht mir Spaß, mit dir zu tanzen. Du tanzt sehr gut." Rachel lächelt. Sie lächelt, weil die Party viel Spaß macht. Sie lächelt auch, weil Robert so lustig als Hippie aussieht. Sie ist froh, dass sie in einem anderen Land und in einer anderen Kultur ist. Sie ist auch froh, dass Robert mit zur Party gekommen ist.

Rachel sieht, dass Alexandria mit einigen Freunden spricht und etwas Tolles isst. Rachel und Robert gehen zu Alexandria. Rachel fragt sie: „Schmeckt alles, Alexandria?" „Ja. Dieser Kartoffelsalat ist besonders lecker", sagt sie. „Gut", sagt Rachel. „Dann hole ich mir etwas Kartoffelsalat."

Rachel und Robert holen sich etwas zu essen und setzen sich neben Alexandria und ihre Freunde. Als sie essen, sieht Rachel Frau Müller. Frau Müller ist Ingo und Carmens Mutter. Rachel sagt zu ihr: „Frau Müller, alles schmeckt sehr gut. Vielen Dank, dass Sie sich die Mühe gemacht haben, dieses köstliche Essen zu machen." „Danke schön", sagt Frau Müller.

Rachel denkt, dass bei der Party alles wirklich toll ist. Robert hat Spaß bei der Party und er hat keine Probleme mit den anderen Leute. Ingo, Carmen und die anderen sind sehr froh, dass Robert bei der Party ist. Es freut Rachel, dass Fritz Krause nicht bei der Party ist.

Dann plötzlich erscheint ein riesengroßer Ritter. Jemand kommt zur Party, der sehr groß ist und ein Ritterkostüm trägt. Der Ritter nimmt seinen Helm ab. Oh nein! Es ist Fritz Krause! „Schönes Fest, nicht wahr?", bellt er. „Ihr solltet gut auf diesen Idiot aufpassen, falls er beim Essen stirbt." Fritz Krause zeigt auf Robert. Robert sagt nichts. Viele Schüler werden böse auf Fritz Krause. Robert starrt Fritz Krause an. Er steht langsam auf. Robert beherrscht sich und sagt sehr ruhig: „Jetzt reicht's mir aber! Das ist genug!" Dann ruft Robert äußerst laut: „Ich hab's satt mit dir! Ich hab's satt, dass du mich jeden Tag belästigst! Ich hab's satt, dass du dich jeden

Tag über mich lustig machst!" Fritz lächelt nur. Er geht zu Rachel und stellt sich dicht neben sie. Er umarmt Rachel und sagt ihr leise im Ohr: „Schön, Schätzchen, dass du ihm so viel Mitgefühl zeigst und dass du so tust, als ob du seine Freundin bist. Wirklich. Wie süß." Rachel hält seinen Arm fest und wirft ihn herunter. Rachel schaut Fritz an und schreit: „Verschwinde, du Schwein! Hör auf damit und geh weg!" Ein anderer Schüler bei der Party sagt: „Stimmt, Fritz. Wir haben genug von dir. Es reicht, Fritz."

Fritz dreht sich um und fängt an, die Party zu verlassen. „Schon gut", sagt er, „Ich gehe. Aber eine Party ohne Fritz Krause ist wirklich keine Party. Übrigens, ihr seid Verlierer und ich will mit keinen Verlierern zusammen sein. Bis Später."

Fritz geht weg. Es scheint, als ob alle erleichtert sind. Die Leute tanzen und essen wieder. Rachel schaut auf ihre Armbanduhr. Es ist zehn Uhr dreißig. Rachel und Alexandria müssen um Mitternacht zu Hause sein. Diesmal fragt Rachel Robert: „Möchtest du noch einmal tanzen?" „Ja gerne", sagt Robert. Der erste Tanz ist ein langsamer Tanz. Rachel und Robert sprechen, während sie tanzen. Rachel erklärt: „Robert, ich bin sehr stolz auf dich, wie du dich gegenüber Fritz behauptet hast." „Danke", beginnt Robert. „Du auch, Rachel."

Um elf Uhr dreißig verlassen Alexandria und Rachel die Party. Sie kommen um zehn vor zwölf nach Hause.

22. Februar

Hallo Brittany!
Heute Abend bei der Faschingsparty war es super! Alle haben tolle Kostüme und Masken getragen. Einige haben sich wie Clowns, Könige oder Prinzessinnen verkleidet oder sie haben sich einfach ganz verrückt verkleidet. Ich habe mich wie eine Prinzessin verkleidet. Robert hat sich wie einen Hippie verkleidet. Er hat so lustig ausgesehen! Robert und ich haben auch zusammen getanzt. Alles war toll, Brittany. Alles, außer Fritz Krause. Fritz ist auch zur Party gekommen. Er wollte Streit

anfangen, aber wir haben uns behauptet. Er
ist weggegangen und dann war alles viel besser.

Ich kann es nicht glauben. Nur noch vier Monate dann verlasse ich Deutschland. Im Juni muss ich wieder nach Hause fliegen. Jetzt ist es sehr spät. Ich muss ins Bett gehen. Ich schreibe dir später mehr.

Deine Rachel

Kapitel zehn

Vier Monate gehen vorbei. Rachel lernt immer mehr Deutsch und lernt noch mehr über die deutsche Kultur und Deutschland. Aber Rachel ist sehr traurig. Heute ist ihr letzter Tag in der Schule. Morgen, am Samstag, fliegt sie zurück in die Vereinigten Staaten. Sie ist sehr traurig, weil sie nicht weiß, wann sie ihre Freunde wieder sieht. Rachel, Alexandria und Robert sind jetzt gute Freunde. Sie will ihre Freunde nicht verlassen, aber sie muss nach Hause nach Michigan fliegen.

Heute ist ein normaler Tag in der Schule. Es ist jetzt die zweite große Pause. Einige der Schüler essen und trinken, während sie mit ihren Freunden reden und lachen. Sie reden über die Hausaufgaben, Musik, Fußball und Freunde. Rachel, Alexandria und Robert diskutieren über den Matheunterricht, während sie ein Pausenbrot essen. Rachel schaut sich um und sieht Fritz Krause. Fritz ist allein. Er ist ganz allein. Es tut Rachel ein bisschen Leid, Fritz ganz alleine zu sehen. Eigentlich hat Fritz nicht viele Freunde. Rachel versucht, nicht an Fritz Krause zu denken. Er war sehr gemein und hat sich über Robert lustig gemacht. Heute ist der letzte Tag in der Schule und Rachel will den Tag genießen. Aber trotzdem sieht Rachel Fritz noch mal an. Etwas ist mit Fritz nicht in Ordnung. Er hat ein großes Problem. Etwas ist mit seinem Gesicht los. Sein Gesicht ist...ist blau. Ein blaues Gesicht? Kann es sein? Kann Fritz nicht richtig atmen? Ist etwas in seiner Kehle stecken geblieben?

„Robert, schau mal Fritz an. Irgendwas ist mit ihm los", sagt Rachel. Robert antwortet: „Bitte, Rachel. Ich will Fritz nicht ansehen. Mir wird schlecht, wenn ich Fritz ansehe." „Nein, Robert", beginnt Rachel. „Schau ihn an. Er ist in Schwierigkeiten." Robert sieht Fritz an. Er sieht, dass sein Gesicht blau ist. Er sieht, dass es ein großes Problem gibt. Robert ruft: „Rachel, Fritz kann nicht atmen. Etwas ist in der Kehle..." „stecken geblieben", sagt Rachel. Robert kann den Satz nicht beenden, weil er zu Fritz läuft, um ihm zu helfen. Rachel geht auch hin. Robert und Rachel mögen Fritz nicht besonders gern aber sie wollen nicht, dass er stirbt. Sie müssen ihm helfen.

„Fritz, kannst du atmen?", beginnt Robert. Fritz schüttelt seinen Kopf. Fritz hat Angst. Sein Gesicht ist jetzt wirklich blau. Robert steht hinter Fritz und drückt auf seinen Bauch mit den Armen und Händen. Robert muss mit aller Gewalt auf Fritz' Bauch drücken. Fritz ist ja sehr groß. Dann fliegt ein Stück Essen aus seinem Mund. Es fällt auf den Boden. Fritz hustet stark. Endlich kann Fritz richtig atmen. Viele Leute schauen jetzt zu, Schüler und Lehrer. Ein Lehrer, Herr Schmidt fragt: „Fritz, ist alles in Ordnung? Was ist?" Eine Schülerin fragt: „Wäre er fast gestorben?" Robert antwortet: „Nein, alles ist jetzt in Ordnung. Er konnte nicht atmen aber jetzt kann er atmen."

Fritz setzt sich hin. Es fällt Fritz noch ein bisschen schwer zu atmen aber er kann doch atmen. Sein Gesicht sieht jetzt wieder normal aus. Es ist nicht mehr blau aber Fritz hat noch Angst. Robert fragt: „Fritz, bist du in Ordnung?" Fritz nickt mit dem Kopf aber sagt nichts. Er trinkt ein bisschen Wasser. Fritz ist verlegen aber er sagt nichts. Nochmals fragt Robert: „Bist du sicher, dass alles in Ordnung ist?" Endlich antwortet Fritz: „Ja es geht mir gut." Fritz schaut zu Boden. Robert und Rachel beginnen, weg zu gehen, als Fritz ruft: „Wartet mal." Robert und Rachel warten aber Fritz sagt nichts. Nach einer Weile sagt Fritz etwas ganz leise. Niemand kann ihn verstehen. „Was sagst du Fritz?", fragt Robert. „Ich habe dich nicht gehört." „Danke, Robert. Du hast mir das Leben gerettet", sagt Fritz widerwillig. „Kein Problem", sagt Robert. Robert und Rachel fangen wieder an, wegzugehen als Fritz sagt: „Und Robert..." „Wie bitte, Fritz? Ich kann dich nicht hören", sagt Robert. „Robert, es...es...tut...", beginnt Fritz wieder. „Fritz, was willst du eigentlich sagen? Sag es doch!", ruft Robert endlich. „Entschuldigung, Robert. Es tut mir Leid für alles, was ich gesagt und gemacht habe", sagt er sehr leise.

Rachel lächelt. Der gemeinste Kerl der Schule bittet jetzt um Verzeihung. Sie denkt: „Ich sehe es aber ich glaube es fast nicht." Robert sagt: „Fritz, kannst du das bitte noch mal sagen? Du sprichst so leise." „Es tut mir Leid, für alles, was ich dir getan habe!", ruft Fritz. „Was sagst du, Fritz? Ich konnte dich nicht klar hören", sagt Rachel lächelnd. „Es tut mir Leid für alles!", schreit Fritz dann schaut er nochmals zu Boden. Diesmal hören alle, was Fritz sagt. Robert lächelt auch und sagt: „In Ordnung, Fritz. In Ordnung."

Rachel sieht Fritz an. Er ist allein. Er hat keine Freunde. Er braucht Freunde. Rachel geht zu Fritz und fragt: „Möchtest du dich mal zu uns setzen?" Fritz steht auf und geht zu Rachel, Robert, Alexandria und den anderen Freunden. Er setzt sich hin und fängt an, mit allen zu sprechen.

Am nächsten Tag, geht Rachel zum Bahnhof. Sie fährt mit dem Zug zum Flughafen in Frankfurt, dann fliegt sie nach Michigan. Viele Schüler kommen auch mit zum Bahnhof.

Alexandria und Robert sind dabei. Rachel schaut sich um. Hui! Fritz kommt auch mit. Was für eine Überraschung! Rachel umarmt alle, sogar Fritz. Sie rufen: „Tschüss Rachel, mach's gut!" „Gute Reise!" „Wiedersehen!" Rachel umarmt Alexandria. Sie sagt: „Danke für alles. Ich werde dir eine E-Mail schreiben, sobald ich nach Hause komme." Zuletzt umarmt Rachel Robert. „Auf Wiedersehen, Robert", sagt sie. „Auf Wiedersehen", sagt Robert. Dann küsst er Rachel auf die Wange. Er umarmt sie noch mal. „Ich sage dir noch mal: ‚Auf Wiedersehen.' Ich meine es ernst." Rachel küsst Robert auch auf die Wange. Sie dreht sich um und geht zum Zug, weil sie zu weinen anfängt. Im Zug winkt sie allen zum Abschied. Sie denkt viel an Alexandria und besonders viel an Robert. Sie hofft, dass sie ihn bald wieder sieht.

Fast stirbt er

WORTSCHATZ

The words in the vocabulary list are given in the same form that they appear in in the story.

Unless a subject of a verb in the vocabulary list is expressly mentioned, the subject is third-person singular. For example, **anfängt** is given as only *begins*. In complete form this would be *she, he or it begins*.

German has a lot of separable two-part verbs. When the two parts are separated, the order of them is often switched. For example, **stehen auf** means *(we/you/they) stand up*, and **aufstehen** is the dictionary form. In some cases, one or more other words come in between the two parts. For instance, **anrufen** is the dictionary form and *ruft ... an* is the third-person singular for *calls ...* , where a person's name goes in place of the dots. In dictionaries these verbs are listed as whole words, and in most cases the first part is a short syllable such as **ab**, **an**, **auf**, or **aus**. The dictionary form is given in parentheses in the list below.

In a few cases the English translation could be taken to be either a verb or a noun. In those cases, where it is a noun, like **Essen** (*food* or *meal*), the German word begins with a capital letter. Otherwise, it is a verb; **essen** (*we/you/they eat* or *to eat*), for instance.

Where there are past participles (p.p. in the list) along with *habe*, *hast*, *hat*, *haben* or *habst*, in most cases the English translation in context is in the simple past tense. For example, *Er hat so lustig ausgesehen!* in English would be *He looked so funny!*

Abbreviations: adj. = adjective, fam. = familiar, pl. = plural, p.p. = past participle, sing. = singular.

ab: ab und zu (mal) once in a while, now and then
  hau ab! (abhauen) beat it! get lost!
  holt mich ... ab (abholen) picks me up ...
  nimmt ... ab (abnehmen) takes off

Abend evening
aber but, however
Abschied farewell, goodbye, departure
  winkt ... zum Abschied waves goodbye
ach so I see
ähnlich similar, like

alle all, everyone
allein, alleine alone
allen all, everyone
aller all of
allerlei all kinds of
alles everything
Alpen Alps
als as, than, when
also therefore, so
alt old
Altenburgstraße Altenburg Street
älter older
altes old
am (an + dem) on the
  am Anfang at the beginning
  am liebsten best
Amerikanerin (female) American
amerikanische American (adjective)
an in, on, at, by, to
  fängt an (anfangen) begins
  hängt … an (anhängen) depends on, adheres to
  ruft … an (anrufen) calls (phone) …
  schau (mal) … an (anschauen) look at … (command)
andere, anderen, anderer other
anders different
Anfang: am Anfang at the beginning
anfangen to begin
anfängt begins
anfasst touches
Angst fear
  haben Angst vor (they) are afraid of
ankommen to arrive
ansehe (I) see
ansehen to see
antwortet answers

Apfelsaft apple juice
arbeiten (they) work
arbeitet works
arm poor
Armbanduhr wristwatch
Arme, Armen arms
Ärztin (female) doctor
Aschermittwoch Ash Wednesday
atmen to breathe
atmest (you) breathe
auch also, too
auf on, to
  auf … aufpassen (to) watch out for …
  auf Wiedersehen goodbye
  böse auf mad at
  hör auf damit! cut it out!; knock it off!
  sauer auf mad at
  steht auf (aufstehen) stands up
  stehen auf (aufstehen) (they) stand up
  stolz auf proud of
  zeigt auf points to, points out
aufpassen (to) watch out
  auf … aufpassen (to) watch out for …
Augen eyes
aus from, out
  sieht … aus (aussehen) looks …
  sehen … aus (aussehen) (they) look …
ausgehen to go out
ausgesehen looked, appeared (p.p.)
außer besides, except for
äußerst extremely
aussieht looks, appears
Auto car
backt bakes
Badezimmer bathroom

Fast stirbt er

Bahnhof train station
bald soon
Bauch stomach
Bauernhöfe farms
Baujahr year of manufacture
Bayern Bavaria
Bayrischen Bavarian
beenden to end, finish
beginnen (they) begin
beginnt begins
Begrüßung greeting
behauptet: wie du dich gegenüber ... behauptet hast the way you stood up to ...
beherrscht sich restrains himself, keeps his temper
bei at, with, at the home of
   bei uns in our country
beide, beiden both
beim (bei + dem) at the
   beim Essen from the food
Beispiel: zum Beispiel for example
bekommen (they) get, receive
bekommt gets, receives, has
belästigst (you) bother, annoy
Belgien Belgium
bellt barks
bemerkt notices
benutzt uses
Berge, Bergen mountains
Bericht report (noun)
berichten to report
berühmte famous
besitzen (they) own
besonderes special
besonders especially
besser better
besten best
bestimmt certainly
besuchen to visit

Bett bed
bevor before
beweglicher moveable
Bibliothek library
bin am
Biologiestunde biology class
bis until
   bis zum nächsten Mal see you next time
bisschen: ein bisschen a little
bist (you) are
bitte please (polite request)
   bitte schön you're welcome
   wie bitte? pardon me (what's did you say?, what's that?)
bittet (um) begs, pleads, requests, asks for
blau, blaue, blaues blue
bleiben to stay, remain
bleibt stays, remains
   ihm bleibt ... in der Kehle stecken ... gets stuck in his throat
Blumen flowers
Blumenladen flower shop
Boden floor
böse auf mad at
Bratwurst a grilled or fried sausage
Brauch custom
braucht needs
braun brown
breiten wide, broad
Brezel pretzel
Brief letter
bringen (they) bring, take
Brot bread
Bruder brother
Bücher books
Bundesland (federal) state
Bundesländer (federal) states
Bundesstaat (federal) state

bunte, bunten colorful
Burgen castles
Chemie chemistry
da there
dabei (to be) present
dadurch thereby, thus; that's how
damit so that, with that
   Was ist damit? How come it's like that?
danach afterwards, after that
Dänemark Denmark
Dank: vielen Dank thanks a lot
Danke thanks
danken to thank
dann then
darauf on it
   darauf stolz sein to be proud of
   ich freue mich sehr darauf I'm very happy about that
darfst (you) may, are allowed to
darüber about it
das the
dass that
Datum date (calendar)
dauert lasts
davon about that
deine your (at the end of a letter)
dem, den the
denke (I) think
denken to think
denkt thinks
der the
derselben the same
des of the
deshalb therefore, that's why
deutsch-amerikanische German-American
deutsche, deutschen German (adj.)
Deutschen Germans
Deutschklasse German class (group in German class)
Deutschland Germany
Deutschlands of Germany
Deutschlehrerin (female) German teacher
Deutschschülern German students
Deutschunterricht German class (session)
dich you
dicht neben right next to
die the, who, that
diese this
dieselbe the same
diesem, diesen, dieser, dieses this
diesmal this time
dir to you, for you
   mach dir nichts draus don't do anything about it
diskutieren (they) discuss
doch after all
   sag es doch! go ahead and say it!
dort there
   dort drüben over there
draus: mach dir nichts draus don't do anything about it
dreht sich um turns around
dreißig thirty
drüben: dort drüben over there
drücken to press, push
drückt presses, pushes
drückte pressed, pushed
Dummkopf dumbhead, dummy
ebenfalls likewise
eigene, eigenes own (adj.)
Eigenheim privately-owned home
eigentlich actually
einander each other
eine, einem, einen, einer a, an
eines Tages some day, one day
einfach simply

einige, einigen a few, several, some
Einladung invitation
einmal once
eins one
Einwohner residents
Einzelkind only child
einzige only, sole
ekelhaft disgusting
elf eleven
elften eleventh
Eltern parents
e-mailt e-mails (verb)
Ende end (noun)
endet ends (verb)
endlich finally
Entschuldigung sorry, excuse me
erfahren experienced (p.p.)
erfährt finds out, learns
erklärt explains
Erlebnis experience (noun)
erledigen to deal with, take care of, complete
erleichtert relieved (adj.)
ernst seriously, earnestly
erscheint appears, shows up
erste, ersten first
erzählen (they) tell
es it
esse (I) eat
essen (they) eat
Essen food, meal
  beim Essen from the food
Esstisch dining table
etwas something
euch you (pl. fam.)
eure, euren your (pl. fam.)
eurer of your
fabelhafte fabulous
Fächer (school) subjects
fahren to ride, drive, go; (they) ride, drive, go
fährt rides, drives
falls in case
fällt falls
  fällt es ... schwer, es fällt ... schwer it is difficult
fangen ... an (anfangen) (they) begin
fängt an (anfangen) begins
Fasching Carnival, Marti Gras
Faschingsdonnerstag Carnival Thursday
Faschingsfeiern Carnival celebrations
Faschingsfesttage Carnival festive days
Faschingsfesttages of Carnival festive days
Faschingsjahreszeit Carnival season
Faschingsparty Carnival party
Faschingszeit Carnival time
fast almost
Februar February
feiern (they) celebrate
Felder fields
Fest celebration, festival
fest firmly
Festtag festive day
Festtage festive days
Figuren figures (noun)
finde (I) find
finden ... statt (stattfinden) (they) take place, occur
findet finds (thinks)
  findet ... statt (stattfinden) takes place
flach flat
Fleisch meat
fliege (I) fly
fliegen to fly

fliegt flies
flog flew
Fluggesellschaft airline company
Flughafen airport
Flüssen rivers
Folgen consequences
Frage question
Fragen questions
fragt asks
Franken Franconia
Frankreich France
Französischunterricht French class (session)
Frau Mrs.
Freitag Friday
freue: ich freue mich I'm glad, I'm pleased
Freund (male) friend, boyfriend
Freunde, Freunden friends
Freundin (female) friend, girlfriend
Freundinnen (female) friends
freundlich friendly
freut pleases
  es freut mich I'm happy; I'm happy to meet you
  es freut sie she's happy
  freut sich is happy
frische fresh
froh happy
fühlen (sich) (they) feel
fühlt sich feels
fünfte fifth
für for
Fuß: zu Fuß on foot
Fußball soccer
ganz, ganze complete, whole, all, completely, quite
  ganz genau just exactly
  ganz im Norden all the way to the north

gar absolutely
  gar nicht not at all
Gartenstraße Garden Street
geben (they) give
geblieben stayed, remained (p.p.)
  ist etwas in seiner Kehle stecken geblieben? is something stuck in his throat?
gefällt liked
gefeiert celebrated (p.p.)
gegangen gone (p.p.)
gegeben given (p.p.)
gegenüber against
  wie du dich gegenüber … behauptet hast the way you stood up to …
gegessen eaten (p.p.)
geh go (command)
gehe (I) go
gehen to go, (they) go
  gehen … aus (they) go out
gehört belongs; heard (p.p.)
  gehört das dir? does this belong to you?
geht goes
geht's: wie geht's? how are you?, how goes it?
gekommen come (p.p.)
Geld money
gemacht done, made (p.p.)
  gut gemacht well done
  hat sich über … lustig gemacht made fun of …
  Sie sich die Mühe gemacht haben you went to the trouble to
  wir haben … sauber gemacht we cleaned off …
gemein mean
gemeinste meanest
Gemüse vegetables

genau just, exactly
  ganz genau just exactly
genießen to enjoy
genug enough
  wir haben genug von dir we've had it with you
gerade: jetzt gerade just now
geredet talked (p.p.)
gerettet saved (p.p.)
gern, gerne gladly
  habe ... sehr gern (I) really like ...
  mag ... gern likes, (I) like ... a lot
  mögen ... gern (they/we) like ... a lot
  rede gern (I) like to talk
gesagt said (p.p.)
Geschichte history
Geschichten stories
geschieden divorced (adj.)
geschmückt decorated (adj.)
Geschwister siblings
gesehen seen (p.p.)
Gesicht face
gesprochen spoken (p.p.)
gesprochene spoken (adj.)
gestorben died (p.p.)
getan done (p.p.)
getanzt danced (p.p.)
getragen worn (p.p.)
Gewalt force
gibt gives
  es gibt there is, there are
gießt pours
glattes smooth
glaube (I) believe
glauben to believe
glaubst you believe
goss poured
Gott: Grüß Gott! see *Grüß Gott!* below

Gras grass
groß, große big, tall
Großeltern grandparents
großen big, tall
größer bigger, larger
großes big, tall
Großstadt large city
größte largest
Grüß Gott! greeting in southern Germany and Austria, short for *Es grüße dich/euch Gott*, meaning "may God greet you" or "God bless you"
gut, gute, guten, guter good, well
  mach's gut farewell, take care
Gymnasium (public university preparatory) school
Gymnasiums: des Gymnasiums of the school
Haar, Haare hair
hab's (habe + es) (I) have it
habe (I) have
haben (they) have
halb zehn 9:30
half helped
Hals neck
hält holds
Hände, Händen hands
hängt ... an (anhängen) depends on, adheres to
hassen (they) hate
hast (you) have
hat has
hatte had
hau ab! (abhauen) beat it! get lost!
Hauptstadt capital city
Haus house
Hausaufgaben homework
Hause home
  nach Hause (to) home

zu Hause at home
Häuser houses
Heim home
heißen (they) are called
heißt is called
   das heißt that is, that is to say, that means
Heldin heroine
helfe (I) help
helfen to help, (they) help
hellblauer light blue
Helm helmet
Hemd shirt
herausfinden to find out, discover
herkommen to come from
herkommt comes from
Herr Mr.
herum around
herunter downward
heute today
   heute Abend this evening
Hexe witch
Hexen witches
hier here
Hilfe help (noun)
hilft helps
hin: gehen hin (hingehen) (we) are going (there)
   geht ... hin (hingehen) goes (there)
   setzt sich hin (hinsetzen) sits down
hinein in, into
hinsetzt sits down
hinter behind
hoffe (I) hope
hofft hopes
Hoftiere livestock
hole (I) get, fetch
holen to get, fetch

holt mich ... ab (abholen) picks me up ...
hör auf damit! (aufhören) cut it out!, knock it off!
hören to hear, they hear
hört hears
   hört zu listens to
hübsch handsome
hui wow
hustet coughs
ich I
ihm to him, for him
   ihm bleibt ... in der Kehle stecken ... gets stuck in his throat
ihn him
ihnen them
ihr you (pl. fam.)
ihr, ihre, ihrem, ihren, ihrer her, their
im (in + dem) in the
immer always
in in, to
Indien India
ins (in + das) in the
   ins Kino to the movies
interessant, interessante interesting
Interesse: haben Interesse an (they) are interested in
interessiert sie sich für she's interested in
irgendwas something
irgendwo somewhere
isst eats
ist is
Jahr year
Jahre, Jahren years
Jahreszeit season
Januar January
je ever
jeden, jedes every

jemand, jemandem someone
jetzt now
Joghurt yogurt
jung young
Junge boy, guy
Jungen boys
jüngere younger
Juni June
Kalifornien California
kam came
kamen (they) came
kann can
kannst (you) can
Kapitel chapter
Karneval Carnival
Kartoffelsalat potato salad
Käse cheese
kaufen to buy
Kehle throat
kein, keine, keinen no, none, not any
Keller basement
kenne (I) know, am familiar with
kennt knows, is familiar with
Kerl guy
Kinder children
Kino movie theater
  ins Kino to the movies
klar clear
Klasse class
Kleidung clothes
klein, kleines small, little
Kleinigkeit: essen eine Kleinigkeit have a bite to eat
klingelt rings
  es klingelt the bell rings
klingt sounds
kocht cooks
komme (I) come
kommen to come, (they) come
kommt comes
Könige queen
können (we) can
konnte (I) could
konzentrieren: sich auf ... zu konzentrieren to concentrate on ...
Kopf head
köstliche, köstliches delicious
Kostüme costume
Kostümen costumes
Krankenhaus hospital
Küche kitchen
Kühe cows
Kultur culture
Kulturen cultures
küsst kisses
Laboratorium laboratory
lächeln (they) smile
lächelnd smiling
lächelt smiles
lachen they laugh
lacht laughs
Laden shop, store
Land country, land
  auf dem Land in the country
Ländern countries
lang, langes long
langsam slow
langsamer slower
laufen to walk, run
läuft runs
laut loud
Leben life
lebt lives
lecker delicious
legt puts
Lehrer (male) teacher, teachers
Lehrerin (female) teacher
leicht easily
Leid: es tut mir Leid I'm sorry

leider unfortunately
leise quietly
lerne (I) learn
lernen (they) learn
lernt learns
letzte, letzter last
Leute people
Libanon Lebanon
Liebe Dear (in a letter)
Lieblingsfach favorite subject
Lieblingsgruppen favorite groups
liebsten: am liebsten best
Lieder songs
lief ran
liegen (they) lie, are situated
liegt lies, is situated
liest reads
los wrong, amiss
Lufthansa a German airline
lustig funny, jolly
  du dich ... über mich lustig machst you make fun of me ...
  hat sich über ... lustig gemacht made fun of ...
  macht ... sauber wipes off ..., cleans off ...
  macht sich über ... lustig makes fun of ...
mach do, make (command)
  mach dir nichts draus don't do anything about it
  mach's gut farewell, take care, good luck
machen (they) do, make
machst (you) make, do
  du dich ... über mich lustig machst you make fun of me ...
macht makes, does
  es macht mir Spaß it's fun for me
  es macht R. viel Spaß R. has a lot of fun
  macht sich über ... lustig makes fun of ...
  macht weiter goes on (talking)
  Spaß macht is fun
Mädchen girl, girls
mag likes, (I) like
  mag ... gern likes, (I) like ... a lot
Mahlzeit meal
Mainz a city in Germany
mal once; sometimes used for emphasis, sometimes for flavor
  ab und zu mal once in a while, now and then
  ich wollte schon immer mal I've always wanted to just once
  möchtest du dich mal ...? would you like to ...?
  noch mal again
  schau mal ... an look at ... (command)
  schaut mal! look! (pl. fam. command)
  wartet wait (pl. fam. command)
Mal: bis zum nächsten Mal see you next time
man one, you, they; used to express English passive
manche many
manchmal sometimes
Markt market
März March
Masken masks
Mathe math
Mathestunde, Matheunterricht math class (session)
mehr more
mein, meine my
meinst (you) mean
meisten most

Fast stirbt er

merkt notices
mich me
mieten (they) rent
mietet rents
Millionen million
Minuten minutes
mir from me, to me
mit with
miteinander with each other
Mitgefühl compassion, sympathy
mitkommen to come with
mitkommt comes with
mitsingen to sing along
Mittag lunch
Mittagessen lunch
Mitternacht midnight
möchte (I/she/he) would like to
möchtest (you) would like
mögen (we/they) like
   mögen ... gern (they/we) like ... a lot
möglich possible
Monate months
morgen tomorrow
Mühe effort, trouble
   Sie sich die Mühe gemacht haben you went to the trouble to
Mund mouth
muss has to, must
müssen (they) have to, must
musst (you sing. fam.) must
müsst (you pl. fam.) must
Mutter mother
Mutti mom
na well, well then
nach after, to, towards
Nachbarländer neighboring countries
nachdem after
nächsten next

Nähe: in der Nähe von near
nahm took
Narrenkappen fool's cap, dunce's cap
neben next to, beside
   dicht neben right next to
Neffe nephew
nehmen to take
nennen (they) call, name
nennt calls, names
nervös nervous
nette nice
neu, neue, neuer, neues new
neugierig curious
nichts: nichts zu danken you're welcome
nickt nods
nie never
Niederlande, Niederlanden Netherlands
niemand nobody
nimmt takes
   nimmt ... ab (abnehmen) takes off
noch still, yet
   noch mal again
nochmal, nochmals again, once again
Nordbayern northern Bavaria
Norddeutschland northern Germany
Norden: im Norden in the north
nördlich north
normal, normale, normalen, normaler normal
normalerweise normally, typically
normales normal
Noten grades
nur only, just
Nürnberg a city in Bavaria, Germany

ob whether, if
Obst fruit
obwohl although
oder or
offiziell officially
oft often
öfters frequently, quite often
ohne without
Ohr ear
Oma grandma
Opa grandpa
Ordnung: in Ordnung OK, all right
  ist … nicht in Ordnung … is wrong
Österreich Austria
Ostersonntag Easter Sunday
östlichen eastern
paar: ein paar a few
passiert happens
Pause break, rest period
Pausenbrot sandwich eaten during the break
per by
Persönlichkeit personality
Pferde horses
Pirat pirate
Piraten pirates
plötzlich suddenly
Polen Poland
politische political
Prinzen princes
Prinzessin princess
Prinzessinnen princesses
Prinzessinnenkostüme princess costumes
Probleme problems
Projekt project
Prozent percent
putzen to clean
recht: haben recht (they) are right

rede (I) talk
reden (they) talk
reich rich
reicht is enough
  das reicht that's enough
  es reicht that's enough
  reicht's mir I've had enough!
Reise trip, journey
rettet saves, rescues
richtig correctly
riechen (they) smell
riesengroß, riesengroßer huge, great big
Ritter knights
Ritterkostüm knight costume
rufen to call
ruft … an (anrufen) calls (phone) …
ruhig calm, quiet
Russland Russia
Sachen things
Saft juice
sag es doch! go ahead and say it!
sage (I) say
sagen (they) say, to say
sagst (you) say
sagt says
sah saw
Samstag Saturday
satt: ich hab's satt I'm fed up
Satz sentence
sauber clean
  macht … sauber wipes off …, cleans off …
  wir haben … sauber gemacht we cleaned off …
sauer mad
  sauer auf mad at
Schätzchen sweetie, honey
schau look (command)
  schau (mal) … an (anschauen)

Fast stirbt er

look at ... (command)
schauen (they) look
schaut looks, look (pl. fam. command)
  schaut mal! look!
  schaut sich um (umschauen) looks around (herself)
scheint seems, appears
schlafen to sleep
Schlafzimmer bedroom(s)
schlecht bad, badly
schlimmste worst
Schlössern palaces
schmeckt: es schmeckt it tastes good
Schminke make-up
schnell quickly
schon already
  ja, schon yes indeed, sure enough
  schon gut! all right!
  schon immer mal always
  stimmt schon it's true of course
schön, schöne, schönes nice, pretty, beautiful
schreibe (I) write
schreiben to write
schreibt writes
schreien scream
schreit screams
Schulbus school bus
Schule school
Schulen schools
Schüler students
Schülerin (female) student
Schülerinnen (female) students
Schülern students
Schultag school day
Schultern shoulders
schüttelt shakes
Schweden Sweden
Schwein pig, swine
Schweiz Switzerland
schwer difficult
Schwester sister
Schwierigkeiten: ist in Schwierigkeiten is in trouble
sechsten sixth
sechzehn sixteen
sehe (I) see
sehen to see, (we) see
  sehen ... aus (aussehen) (they) look ...
sehr very
seid (you pl. fam.) are
sein to be, his
seine, seinem, seinen his
seiner of his
seit for, since
Sekretärin secretary
selben same
selbst by herself
Senf mustard
Serviette napkin
setz dich sit down (command)
setzen (sich) to sit down
setzt sich (hin) sits down
sich himself, herself, one another, themselves
sicher certainly
Sie you (formal)
sie she, they, it
siebten seventh
siebzehn seventeen
sieht sees
  sieht ... aus (aussehen) looks (like) ...
sind (they) are
sitzt sits
so so, like that, in such a way
  ach so I see

sobald as soon as
sogar even
sogenannte so-called
solche such
soll should
sollen (they) should
sollt should
sollten (we) should
solltet (you pl. fam.) should
sonst otherwise, or else
soweit: ist es soweit the time has come
sowie as well as, and, plus
Spanien Spain
Spanischlehrer Spanish teacher
Spaß fun
  es macht Spaß it's fun
  es macht mir Spaß it's fun for me
  es macht R. viel Spaß R. has a lot of fun
  Spaß macht is fun
spät late
später later
  bis später see you later
speziell specifically, in particular
Sprache language
sprechen (they) speak
sprichst (you) speak
spricht speaks
Staaten states
Stadt city
stammen aus (they) come (descend) from
stark, starken strong, intense
starrt stares
statt instead of
statt: finden ... statt (stattfinden) (they) take place
  findet ... statt takes place
stattfinden (they) take place

stecken (to be) stuck
  ihm bleibt ... in der Kehle stecken ... gets stuck in his throat
  ist etwas in seiner Kehle stecken geblieben? is something stuck in his throat?
steckengeblieben: war in seiner Kehle steckengeblieben was stuck in his throat
stehen (they) stand
  stehen auf (aufstehen) (they) stand up
steht stands
  steht auf (aufstehen) stands up
  stelle: ich stelle euch vor (vorstellen) I'll introduce you
stellt to put, puts
stimmt that's right
  etwas ... nicht stimmt something's wrong
  stimmt schon it's true of course
stirbt dies, is dying
Stockwerke floors, stories
stolz proud
  darauf stolz sein to be proud of
Straße street
Streit conflict, dispute
Stück piece
Stücke pieces
Süddeutschland southern Germany
Süden South (noun)
südlich to the south
süß sweet, cute
Tag day
Tage, Tagen days
Tages: des Tages of the day
Tante aunt
Tanz dance (noun)
tanze (I) dance
tanzen (they) dance

Fast stirbt er

tanzt dances
telefonieren (they) call (phone)
Telefonnummer phone number
Texte words, lyrics
Tochter daughter
toll, tolle, tollen, tolles great
Traditionen traditions
traf struck, hit
tragen (they) wear
trägt wears
Traktoren tractors
traurig sad
treffen to meet, (they) meet
trifft hits, strikes
trinken they drink
trinkt drinks
trocknet dries
Trottel jerk, idiot
trotzdem anyhow, anyway
Tschechische Republik Czech Republic
tschüss bye, goodbye
Türen doors
Türkei Turkey
tust (you) do
tut: es tut mir Leid I'm sorry
  es tut R. Leid R. is sorry
Typen guys
typisches typical
über about, over
überall everywhere, all over
überhaupt even, at all
Überraschung surprise (noun)
übrigens incidentally, by the way
Uhr clock, o'clock
um at, around
  bittet ... um asks for
  dreht sich um turns around
  schaut sich um (umschauen) looks around (herself)
  um ... zu in order to ...
umarmt hugs
Umzüge parades, processions
unbedingt absolutely
ungefähr approximately
uns ourselves, us
unser our
unterhalten sich (they) chat, converse
Unterrichtsstunden class periods
Vampire, Vampirin vampire
Vater father
vereinigte, vereinigten united
  Vereinigten Staaten United States
vergehen (they) go by, pass
Vergleich: im Vergleich zu in comparison to
verheiratet married (adj.)
verkleiden sich (they) dress up
verkleidet dressed (adj.)
verkleidet: sich verkleidet dressed up (p.p.)
verlasse (I) leave
verlassen to leave
verlegen embarrassed
Verlierer, Verlierern loser
verrückt, verrückte crazy
verschiedenen various
verschwinde get out of here, disappear (command)
verstehen to understand
versucht tries
Verwandte, Verwandten relatives
Verzeihung forgiveness, pardon
Vetter (male) cousin
viel much, a lot
viele, vielen many
vielleicht perhaps, maybe
Viertel quarter (of an hour)
  Viertel nach ... quarter past ...

vierzehn fourteen
vom (von + dem) of the
  in der Nähe vom near the
von of
  in der Nähe von near
vor before
  haben Angst vor (they) are afraid of
  ich stelle euch vor (vorstellen) I'll introduce you
vorbei by
  kommt vorbei stops by
Vorfahren ancestors, forefathers
vorher before
vorstellen to introduce
Wagen car
wahr true
  nicht wahr? not so?, don't you think?, isn't it?
während during, while
wahrgenommen paid attention to, noticed (p.p.)
Wange cheek
wann when
war was
wäre would be
waren (they) were
warne (I) warn
warten to wait, (they) wait
wartet wait (pl. fam. command)
warum why
was what
Wasser water
weder ... noch neither ... nor
weg away
weggegangen gone away (p.p.)
wegzugehen to go away
Weihnachtsferien Christmas vacation
weil because

Weile while, a short time
  nach einer Weile after a while
weinen to cry
weiß knows, white
weißt (you) know
weit far
weiter: ... weiter keeps on ...
  macht weiter goes on (talking)
  sagt weiter goes on (saying)
wenn when, if
werde (I) will
werden (they) get, become
Westen: im Westen in the West
wichtig important
widerwillig reluctantly, unwillingly
wie like, as, how, the way
  wie bitte? pardon me (what's did you say?, what's that?)
wieder once again
Wiedersehen: auf Wiedersehen goodbye
wilde wild
will wants
willst (you) want
winkt waves (verb)
  winkt ... zum Abschied waves goodbye
wir we
wird will, gets, becomes
wirft throws
wirklich really
Wirtschaft business
wissen to know
wisst (you pl. fam.) know
wo where
Woche week
Wochen weeks
Wochenende weekend
woher from where
wohl well, good

wohnen (they) live, to live
wohnt lives
Wohnung apartment
Wohnzimmer living room
wollen (they) want
wollte wanted
Wort word
Wörter words
worüber about what
Wurst sausage
zahlreichen numerous
zeigst (you) show
zeigt shows
Zeit time
ziemlich rather, pretty, quite
Zimmer room
zu to
  zu Hause at home
  möchtest du dich mal zu uns setzen? would you like to sit with us?
Zug train
zuletzt lastly, finally
zum (zu + dem) to the
  bis zum nächsten Mal see you next time
  winkt ... zum Abschied waves goodbye
  zum Beispiel for example
zur (zu + der) to the
zurück back (adverb)
zusammen together
zweite, zweiten second
zwölf twelve

DIE AUTOREN

Lisa Ray Turner ist eine nordamerikanische Romanschriftstellerin und Essayistin, die auf Englisch schreibt. Sie hat schon mehrere Preise für ihre Arbeiten erhalten. Sie hält Kurse im Schreiben von Romanen und Zeitungsartikeln und sie unterrichtet Musik. Sie ist die Schwester von Blaine Ray und wohnt in Littleton, Colorado.

Blaine Ray hat die Sprachunterrichtsmethodik TPR Storytelling entwickelt und ist Autor von zahlreichen Lehrwerken für den Unterricht von Deutsch, Französisch, Spanisch und Englisch. Er leitet Workshops für diese Unterrichtsmethodik überall auf der Welt. Seine Bücher, Videos, und andere Lehrwerke sind alle bei Blaine Ray Workshops erhältlich (siehe Titelseite).

THE AUTHORS

Lisa Ray Turner is a prize-winning American novelist and essayist who writes in English. She gives workshops on writing novels and magazine articles and teaches music. The sister of Blaine Ray, she lives in Littleton, Colorado.

Blaine Ray is the creator of the language teaching method known as TPR Storytelling and author of numerous materials for teaching German, French, Spanish and English. He gives workshops on the method all over the world. All of his books, videos and materials are available from Blaine Ray Workshops (see title page).

Die deutsche Fassung

Die deutsche Fassung von *Fast stirbt er* wurde von **Andrea Kistler**, Deutschlehrerin aus Gladwin, Michigan geschrieben. Sie hat drei Jahre lang in Bamberg, in Deutschland gewohnt. Bamberg liegt in Nordbayern und einige Namen, Wörter und Bräuche in dieser Novelle stammen aus dieser Gegend.

The German Version

Andrea Kistler, who adapted *Fast stirbt er* to German, is a German teacher from Gladwin, Michigan. She lived in Bamberg, Germany for three years. Bamberg is in northern Bavaria. Some of the names, words and cultural traditions mentioned in this novella stem from this region.

Danksagung

Wir bedanken uns herzlich bei **Friederike Welsch** für ihre Mithilfe beim Redaktion dieses Buches. Friederike war ein Jahr lang Austauschschülerin an Gladwin High School in Gladwin, in Michigan.

Acknowledgment

We would like to thank **Friederike Welsch** very much for her assistance in the editing of this book. Friederike was an exchange student at Gladwin High School in Gladwin, Michigan for one year.

DER ILLUSTRATOR

Pol ist das Pseudonym von **Pablo Ortega López**, ein bemerkenswerter preisgekrönter ecuadorianischer Illustrator, der eine lange Karriere im Zeichnen und der Illustration hat. Er lebt zurzeit im Gebiet der San Franzisko Bucht und arbeitet in der Animation. Er hat die Zeichnung auf den Buchdekkeln von *Fast stirbt er* und einigen anderen Novellen der gleichen Reihe geschaffen. Für weitere Informationen besuchen Sie seine Website:

www.polanimation.com

THE ILLUSTRATOR

Pol is the pseudonym of **Pablo Ortega López**, a distinguished prize-winning Ecuadorian illustrator who has had a long career in drawing and illustration. He is currently living in the San Francisco Bay Area and is working in animation. Pol created the drawing on the covers of *Fast stirbt er* and several other novellas in the same series. For information, see his website:

www.polanimation.com

NOVELLEN

In order of difficulty, beginning with the easiest, the novellas of Lisa Ray Turner and Blaine Ray in German are:

Level 1:
  A. Arme Anna (by Blaine Ray alone)
  B. Petra reist nach Kalifornien (by Blaine Ray alone)
  C. Fast stirbt er

Level 2:
  A. Die Reise seines Lebens
  B. Mein eigenes Auto

The Spanish novellas in this series are:

Level 1:
  A. Pobre Ana
  B. Patricia va a California
  C. Casi se muere
  D. El viaje de su vida
  E. Pobre Ana bailó tango (by Patricia Verano, Verónica Moscoso and Blaine Ray)

Level 2:
  A. Mi propio auto
  B. ¿Dónde está Eduardo?
  C. El viaje perdido
  D. ¡Viva el toro!

Level 3:
  Los ojos de Carmen
    (by Verónica Moscoso)

In French:
  Level 1:
    A. Pauvre Anne
    B. Fama va en Californie
    C. Presque mort
    D. Le Voyage de sa vie
  Level 2:
    A. Ma voiture, à moi
    B. Où est passé Martin ?
    C. Le Voyage perdu
    D. Vive le taureau !
  Level 3:
    Les Yeux de Carmen
      (by Verónica Moscoso)

In Russian:
  Бедная Аня

In English:
  Level 1:
    A. Poor Ana
    B. Patricia Goes to California
  Level 3:
    The Eyes of Carmen
      (by Verónica Moscoso)

Teacher's Guides for Spanish Novellas

Teacher's Guide for
Spanish I Novels

(Pobre Ana, Patricia va a California, Casi se muere y *El viaje de su vida)*

Teacher's Guide for
Spanish II Novels

(Mi propio auto, ¿Dónde está Eduardo?, El viaje perdido y *¡Viva el toro!)*

To obtain copies of
Fast stirbt er
contact
Blaine Ray Workshops
or
Command Performance Language Institute
(see title page)
or
one of the distributors listed below.

DISTRIBUTORS
of Command Performance Language Institute Products

Entry Publishing & Consulting New York, NY Toll Free (888) 601-9860 lyngla@rcn.com	*Midwest European Publications* Skokie, Illinois (847) 676-1596 www.mep-eli.com	*World of Reading, Ltd.* Atlanta, Georgia (800) 729-3703 www.wor.com
Applause Learning Resources Roslyn, NY (800) APPLAUSE www.applauselearning.com	*Continental Book Co.* Denver, Colorado (303) 289-1761 www.continentalbook.com	*Delta Systems, Inc.* McHenry, Illinois (800) 323-8270 www.delta-systems.com
Berty Segal, Inc. Brea, California (714) 529-5359 www.tprsource.com	*Continental Book Co.* Glendale, NY (718) 326-0560 www.continentalbook.com	*Adams Book Company* Brooklyn, NY (800) 221-0909 www.adamsbook.com
TPRS Publishing, Inc. Chandler, Arizona (800) TPR IS FUN = 877-4738 www.tprstorytelling.com	*Teacher's Discovery* Auburn Hills, Michigan (800) TEACHER www.teachersdiscovery.com	*MBS Textbook Exchange* Columbia, Missouri (800) 325-0530 www.mbsbooks.com
International Book Centre Shelby Township, Michigan (810) 879-8436 www.ibcbooks.com		*Tempo Bookstore* Washington, DC (202) 363-6683 Tempobookstore@usa.net